AF272466

Ralf Häntzschel

Der schwäbische „Gug"

Eine Schmunzelgeschichte

Bibliografische Information der Deutschen Nationalbibliothek:

Die Deutsche Nationalbibliothek verzeichnet diese Publikation in der Deutschen Nationalbibliografie; detaillierte bibliografische Daten sind im Internet über http://dnb.dnb.de abrufbar.

1 Auflage © 2016 Ralf Häntzschel

Illustration: Häntzschel Art & Design
Fotografie: Häntzschel Art & Design

Herstellung und Verlag:
BoD – Books on Demand, Norderstedt

ISBN: 9783837063165

Für Gise ...

Der schwäbische Kuckuck
(kukulus canorus schwabensis) "Gug"

Mittwoch 13:30 Ornithologisches Institut,
Universität Kenga

Das Mittagessen hinter sich, den Bauch voll mit den für
ihn so gewöhnungsbedürftigen Linsen, Spätzle und
Saitenwürste, machte sich Professor Dr. Kurt Mehl-
mann, welcher vom Rest der Mitarbeiter nur liebevoll
Fischkopf genannt wurde an seine schier unlösbare
Arbeit.
Mehlmann nun schon seit fast drei Monaten als Leiter
der Forschungsabteilung ins für ihn exotische Schwa-
benland gekommen und von Heimweh geplagt, dachte
an sein ach so schönes, friedliches und vor allem bere-
chenbares Westerland. Wo er als Assistent von Professor
Dr. Dr. Müller -Rechthaber, mehr oder weniger die
Vogelkunde Station auf Sylt leitete.
Doch Assistent ist und bleibt Assistent. Da kam ihm mit
seinen 47 Jahren die Professur an der renommierten
Vogelkunde Universität in Kenga gelegen. Endlich die
Nummer Eins, eigene Forschungen, den Weg vorgeben,
Anweisungen erteilen und nicht nur ausführen. Zu lange stand er im Schatten von Müller Rechthaber, denn
im Grunde machte er die meiste Arbeit und auch die
damit einhergehenden Erfolge waren wohl auf ihn zu-
rückzuführen. Siebenundvierzig, das war nicht gerade
jung, aber auch noch nicht zu alt um sein Profil, seinen
Stil durchzusetzen und auf internationaler Ebene noch
Erfolge zu erlangen.

Gut war der Neuanfang auch für sein Privatleben.

Hier spielte er zwar nie die zweite oder dritte Geige. Trotz seiner sehr attraktiven Erscheinung, er war 1,82 cm groß, hatte volles blondes, zudem noch gelocktes Haar, blaue Augen und einen, obwohl keinerlei Sport treibend, muskulösen Körper. Tja, aber er spielte eben keine Geige.

Beziehungen gab es, zwar nie lang anhaltende, doch immerhin Beziehungen. Die letzten Worte von Gabriele Strutmann, Zahnarzthelferin in Westerland, Blond-, Rot- oder Brünett, je nach verwendeter Farbe aus dem Drogerie-Markt um die Ecke. Vollbusig und mit vollen Lippen, ihres Zeichen letzte Bekannte oder kurz Lebensabschnittgefährtin waren, bevor sie auf nimmer wieder sehen verschwand: "Du solltest dich weniger um Vögel kümmern, sondern mehr ans Vögeln denken". Das hat weh getan, voll gesessen, doch er war nun mal Ornithologe und kein Gynäkologe.

Das klingeln des Telefons, riss ihn aus seiner Gedankenverlorenheit: Morgen, Morgen, Mehlmann hier: Schlotterbeck, tönte es aus der Hörmuschel. Schlotterbeck, Karl-Eugen, seines Zeichens Vorsitzender des Fördervereins der Universität, hauptberuflich Apotheker und zweitklassiger Hobbyornithologe. *Jetzt isch abor Mittag, Herr Professor, se mo mal wieder a bissle durchanandor.* Was sowohl, das wusste Mehlmann inzwischen, als Frage, aber auch als Aussage verstanden werde konnte, doch bei Herrn Schlotterbeck wohl eher als Feststellung eingestuft werden musste. *Sie Herr Professor, heut Abend isch Benoggla em Spatz, da kennat se net scho wiedor fehla, da kommat wichtige Leut.*

Was wiederum so zu verstehen war, das "wichtige Leut", Mitbürger waren, welche großzügige Spenden an den Förderverein geben konnten und dies erleichterte das Arbeiten ungemein … Neue Ausrüstungen, moderne Geräte etc. etc. etc…

Ausgehend, das nicht jeder Leser dieser Niederschrift des Schwäbischen mächtig ist, nachfolgend einige Erklärungen des Autors.
(echter Schwabe und dies mit Hingabe)

Dor Spatz, *ist der Landgasthof zum Spatz, Treffpunkt der Kenganer Honoratioren, wo zusätzlich zu Schnaps, Bier und Trollinger (meist getrunkener Rotwein in Schwaben, fast Nationalgetränk) zwei Gästezimmer zur Verfügung stehen und natürlich nicht zu vergessen die Küche, das Reich der Senior Chefin Martha Vogel, im Volksmund Dreckspatz genannt.*
Gut bürgerliche Küche:
Rostbraten, Maultaschen, Linsen – Spätzle – Saitenwürstle, Ripple mit Brot oder Kraut, Tellersülz, Käsebrot, Beitschastecka (Landjäger), Wurstsalat, warmer oder kalter Leberkäs und und und.

Benoggla, *bitte hier am besten im Internet unter :*
" Benoggl oder Binokel " nachsehen,
denn dem Autor geht es wie unserem Herrn Mehlmann „Kartenspiel ist DOOF".

Herr Schlotterbeck, ich kann noch nicht mit 100% iger Sicherheit sagen, ob ich , wollte der Professor sagen, als er auch schon hörte : *Also guat, om sechse em Spatza, ond brengat se au an guada Durst mit… Ade.*

Mehr gab es wohl nicht zu sagen, denn sein gegenüber hatte schon aufgelegt. Einen guten Durst mitbringen, bedeutete nicht unbedingt durstig zu sein, oder das man viel trinken kann, nein, viel trinken war ohnehin obligatorisch. Man durfte auch das nötige Kleingeld nicht vergessen, denn es wurde erwartet, das die eine, oder andere Runde zu bezahlen war und die Honoratioren aus Kenga hatten immer einen guten Durst.

Man sollte nicht denken, dass nun der Tag für unseren Professor gelaufen war, doch zeigte die Nadel der Wohlfühlskala erschreckend nach unten. Diese Schwaben, diese Hobbyornithologen, diese Kenganer …

Etwas entmutigt setzte Mehlmann sein Tagwerk fort.

15:03 Leichte Kopfschmerzen, brennende Augen und es ging einfach nicht weiter, das konnte wohl nicht wahr sein, da hatte Mehlmann am Wochenende in der Neckarhalde und später noch hinten am Plätzle einen Vogel beobachtet, welcher zweifelsfrei als Kuckuck identifiziert werden konnte. Doch irgendetwas stimmte nicht mit diesem Vogel. Wie immer hatte der Professor ein Tonaufnahmegerät dabei um im Bedarfsfall, Ruf und Lautfolge festzuhalten.

Seine Nikon D70s brachte die gestochen scharfen Bilder (zumindest meinte Mehlmann, dass seine Aufnahmen von einer höheren Qualität waren, was ich hier jedoch nicht bestätigen will, denn nicht die Kamera macht den Fotografen)

Zum einen wies der Vogel eine seltsame Färbung am Schwanz auf, eine Schwarz Goldene Marke, was allerdings ja auch eine Täuschung, vor allem optische Täuschung sein konnte. Licht, Lichteinflüsse, Reflektionen, waren schon so manchem Wissenschaftler zum Verhängnis geworden und durch eben diese Erscheinungen haben auch des Öfteren Mitmenschen, welche sonst als Seriös eingestuft wurden, schon fliegende Untertassen fotografiert (was wiederum nicht bedeuten soll, das der Autor hier eine Wertung vornehmen will inwieweit es UFOs gibt, gegeben hat oder geben wird).

Alle anderen Merkmale, waren jedoch wie schon erwähnt zweifelsfrei die eines Kuckucks.

Normalerweise, würde der Professor solchen Dingen nicht weiter nachgehen, zudem dies auch nichts mit seiner eigentlichen Forschung und seiner momentanen Arbeit zu tun hatte.

Der derzeitige Forschungsauftrag lautete die Erkennung und Beweisführung der Ursache und das Zusammenspiels zwischen Flussbegradigung und des Rückgangs des Neckarbreitschnabeleisvogels (Neckarus latus rostrum alcedo atthis), welcher ja bekanntlich vor noch nicht allzu langer Zeit zu hunderten an eben diesen geradlinigen aber eben natürlich gradlinigen Abschnitten des Neckars zwischen Kenga und Wernau beheimatet war. Da war die zweite Anomalie des Kuckucks, sein Ruf. Es gibt wohl nur wenige Menschen die wissen wie ein Kuckuck aussieht und ebenso würde nur ein ganz minimaler Prozentsatz von Befragten anhand eines Bildes erkennen das es sich um eben diesen Vogel handelt, jedoch würden wohl 99,9 % beim vorspielen des Rufes sofort sagen : Ein Kuckuck, ganz eindeutig ein Kuckuck.

Und genau dies beunruhigte unseren Professor, als er zum ersten mal diesen Vogel rufen hörte.

Schön…, da kann einem doch so richtig romantisch ums Herz werden, wenn man sich die Lichtstrahlen so auf den Wellen und Strudeln des Neckars brechen sieht, sagte Helga zu Peter.

Ja, sisch halt bald Mai, ond Sonne isch halt scho so richtig kräftig, abor mir bräuchtat mal wieder Reaga, sisch ja bald koi Wassor meh dren em Neggor. Und in der Tat, dieser Frühling war nach einem milden Winter ohne Schnee zu Trocken und zu Warm, was wiederum dem Wasserstand und der Wasserqualität zu schaffen machte.

Ach, sieh das Ganze doch nicht so rational Peter, du musst doch auch mal etwas Gefühl und Fantasie zulassen, erwiderte Helga. Doch Peter das Urgestein mit dem Beinamen Wurzelsepp, gab nur zur Antwort : *Des isch net romantisch, wenn dia Fisch voregad!* Und widmete sich wieder seiner Arbeit, die er gerne und mit Hingabe tat. Er stierte durchs Fernrohr, zählte die Breitschnabeleisvögel und notierte was diese den lieben langen Tag so trieben.

Helga die Doktorandin aus Niedersachsen deren Arbeit oder besser Doktorarbeit (wenn diese mal fertig werden sollte) im Zeichen der Neckarquitschenten stand, war dabei die Unterhaltung eben dieser auf Band aufzunehmen um später im Labor eine Auswertung hinsichtlich der Lautfolge- und Bedeutung zu analysieren.

Helga sagte Peter ganz aufgeregt, *hast du den großa grad au gseha?* Ach Peter jetzt hast du mir in meine Aufnahme geplappert, aber was meinst du mit dem Großen?

Na do war plötzlich an Kuckuck!

Und, gab Helga zurück, noch nie einen Kuckuck gesehen? *Scho guat,* brummte Peter in seinen Bart, der für Bakteriologen und Lebensmittelforscher eine wahre Heimstätte für Forschungen abgegeben hätte, Ja mit der Reinlichkeit hatte es Peter nicht so und in seinem Vollbart (vom Flaum zum Gebüsch, niemals rasiert, seit er gesprossen ist) konnte man nachvollziehen was er so die letzten Tage zu sich genommen hatte. *Was heißt do UND, hasch net kört wia der grufa hot?*

17:00 Uhr Universität Kenga / Labor

Hallo Professor, rief Helga Mehlmann zu, als sie schwer bepackt mit der Außenausrüstung, gefolgt von Peter das Institutslabor betrat. Na wie war der Tag, habt ihr was erledigen können fragte der Professor mit dem Blick auf die Doktorandin gerichtet? *Noi,* erwiderte Peter, *onser Helga hot blos mal wieder romantische Bildla em Kopf ket.* He, he wer hat denn in die Aufnahme geplappert, von Fischsterben und großen Vögel mit seltsamen Lautfolgen gesprochen konterte Helga.

Hört sich ja sehr interessant an, wie ihr so den Tag verbringt. Gut, wenn das den Forschungen und deiner Doktorarbeit dient, soll es mir recht sein! *Ond wia wars bei ihna,* fragte Peter den Professor, doch dieser winkte ab und sagte nur : Schlotterbeck hat angerufen. *Ah,* grinste Peter, *Durscht ond Benoggla, sisch Mittwoch, dor Spatza ruaft. Tja Herr Professor, schaffa isch halt a Gschäft, ond se send ja au net zom Vorgnüga do.* Da muss ich Peter recht geben, platzte Helga dazwischen, es geht doch nichts über einen geselligen Abend mit den oberen Herren aus Kenga, niemand entging die Ironie in Helgas Worten, dennoch fand Mehlmann dies nicht im selben Maße lustig wie Helga und Peter. Was soll es, sagte er, da werde ich ebcn jetzt Schluss machen um dann auch pünktlich gegen 18:00 Uhr im Ochsen sein. *Noi,* sagte Peter, *net gega 18:00 Uhr, sondern genau om sexse…*das folgende schallende Gelächter hörte Mehlmann nur noch von außen, als er gerade die Tür schloss.

Kurze Dusche, Kleiderwechsel. Krawatte oder Fliege, fragte sich Mehlmann als er vor seinem Kleiderschrank stand, er entschied sich für eine Fliege, dies kam ja auch den Erwartungen der Stammtischler entgegen, so sah er, zumindest nach ihren Vorstellungen wie ein echter Professor aus. Man, man, man, auf was habe ich mich da eingelassen.

… Fischsterben und großer Vogel mit seltsamer Lautfolge, kam ihm in den Sinn, was wollte Peter damit sagen, zumindest waren dies die Worte die Helga Peter in den Mund gelegt hatte. Warum beschäftigt mich das, werde ich schon zum alten Waschweib? Sehe ich schon hinter ALLEM und JEDEM Gespenster, Verschwörungen und oder neue Arten? Diese Geschichte mit dem Kuckuck ging ihm nicht aus dem Kopf – Gold, Schwarz gezeichnet, der Ruf, hat Peter auch diesen Vogel gesehen?

Mensch, schon viertel vor, nun muss ich aber wirklich los, er notierte sich noch kurz in seinem Merkbuch : Peter wegen Vogel fragen!

18:00 Uhr Landgasthof zum Spatz Kenga

Als er die Tür zum Gasthof öffnete, konnte er sehen, das bereits die gesamte Mannschaft versammelt war und in heftige Diskussionen, ja wohl schon mehr bei einem Streitgespräch (was bei Stammtischrunden im ganzen Land wohl eher der Normalfall ist und bei Schwaben gibt es sowieso keinen Streit, sondern : *Ha, jedor hat eba sei Meinung,* sehr Liberal) waren. Die Karten lagen bereit, aber niemand machte Anstalten, diese in die Hand zu nehmen und mischen, geschweige denn zu verteilen. Dies war umso mehr verwunderlich, als das die Herren schon eine ganze Zeit hier sein mussten, worüber wiederum die Striche auf den Bierdeckeln, welche vor ihnen unter Bier und Weingläser lagen Auskunft gaben.

Einen schönen Guten Abend die Herren, rief Mehlmann in die Runde und suchte zwischen ihnen am Stammtisch, welcher sich rechts gleich neben dem Eingang befand und aus einem Ovalen Tisch bestand, der 12 Personen bequem Platz bot, aber auch auf 15 Stühle, wobei dann etwas unbequem bestuhlt werden konnte. Wie so oft an solchen Plätzen, stand der große runde Aschenbecher (Underberg oder Jägermeister) mit dem Glockenturm und dem Glöckchen in der Mitte des Tisches. Als keiner der Herren seinen Gruß zu erwidern schien, ging er davon aus, das sein Gruß nicht gehört wurde und setzte erneut an : Guten Abend die Herren ! *Setzta sich no, ond schreiat se net so rom*, bemerkte der Schmied Eugen und widmete sich danach wieder der inzwischen lauter und emotionaler werdenden Unterhaltung.

Ha, jetzt abor, Eugen, so kanscht doch net mit onserm Herra Professor omganga, des isch doch koinor von deine Kunda oder deine Lehrbuaba, fuhr Schlotterbeck total entrüstet den Herrn Kächale an, der zwar Schmied Eugen genannt wurde, da Hauptberuflich Schmied und in Persona Eugen Kächale hieß. Für einen Schmied hätte man ihn jedoch rein körperlich nicht gehalten, wenn man bedachte, das er nur die lichte Höhe von 1,55 cm erklomm, seine rote Nase war da eher wieder Typisch (sei gegrüßt Trollinger) und auch der stolz vor sich hergetragene etwas überdimensionale Bauch, auf den er besonders stolz war, so konnte er jedem und gerne sagen : *Der hat Geld kost. Eugen, des geht so net*, wand Schlotterbeck erneut ein und fing sich zwar keine Ohrfeige doch ... : *Ah schwätz net raus Karle, sisch nex was di ebbas aganga dät, doch bevor mir do so weitor machat, könntat mir doch glei den Herra Professor froga, denn der sollt des ja wissa!* Nun kam Karl Eugen Schlotterbeck aber erst so richtig in fahrt, denn was zu viel ist, ist zu viel. *Du Sempl, des glaubst abor au blos du, du kannst doch net en ällam Ernst annehma, das sich der Herr Professor mit so ama Lettagschwätz abgibt, ond womeglich sei Zeit da domit vorgeudat.*

Sachte, sachte meine Herren, wir wollen doch nicht gleich in die Luft gehen rief Mehlmann dazwischen.

Noi HB, raucht soviel i wois koiner do am Disch, schrie Wilhelm Hägele (dies war lange Zeit ein Werbespot für HB Zigaretten "Rauchen kann TÖDLICH sein" und so etablierte sich im Raum Kenga dieser Spruch und wurde auf Menschen angewendet, welche sehr nervös waren, oder in einer Diskussion kurz davor waren an die Decke zu gehen " HB-Männle).

Dieser Zwischenruf hatte schallendes Gelächter zur Folge, was wiederum dem Herrn Professor das Gefühl gab, als Pausenclown Verwendung zu finden. Etwas genervt, aber mit sonorer Stimme entgegnete Mehlmann : Tja, dann mal raus, wo bin ich Experte und wo kann ich eventuell helfen? Wieder keine Reaktion, die Herren waren so sehr in ihren Disput vertieft, dass es schier unmöglich war sich Gehör zu verschaffen (zumindest als Norddeutscher in einer schwäbischen Stammtisch Diskussion). Doch so einfach gibt ein Friese nicht auf, was glauben diese schwäbischen Trollinger eigentlich. Da kam die zündende Idee, ohne Erbarmen, ohne Rücksicht auf Verluste bahnte er sich mit seiner rechten Hand den Weg in die Mitte des Tisches, schnurstracks und nur sein Ziel im Auge. Er riss an der Glocke und bimmelte was das Zeug hielt.

Das Ergebnis war Gewaltig, die Gesichter der Anwesenden verzerrten sich zu Fratzen, schiere Ungläubigkeit gepaart mit Heißhunger und Erwartung, der Erwartung eines kostenlosen Getränkes, *ebbas om sonscht*. Nun folgte das Erstarren, der Unglaube, ist das Realität oder ein Traum, ausgelöst durch diese so *arge* Diskussion?

Die Wirtin kam in einem Tempo aus der Küche (noch Wochen später hatte sie Muskelkater) um nachzusehen, was dieses Weltwunder im Spatzen ausgelöst hatte, oder ob sie nun doch schon an Wahnvorstellungen litt. Selbst unserem ach so ruhigen Hägeles Wilhelm fiel der Stumpen aus dem Mund.

Unser Professor, zugegeben etwas überrascht über dieses Ergebnis seines Handelns, nahm eine stolze und heldenhafte Haltung ein : Na meine Herren, Bildung zahlt sich aus und wo eine Wille ist, ist auch ein Weg um gehört zu werden!

Zahla, des stemmt ond von mir aus kennat se au gebildat sei, entgegnete es fast Synchron aus den anwesenden Schwabenmündern.

Wieso zahlen, was zahlen, wie, was …

Nun trat die Wirtin, unsere verehrte Frau Vogel an den Herrn Professor heran und sagte voller Ehrfurcht, *danke Herr Professor, das i des au han erleba derfa, des isch fo mi wia Weihnachda, seit 30 Johr war des, dess erschte mal das jemand Stammtischgleggla hat gschellt* und eben vor diesen 30 Jahren war es angeblich ein versehen, als ein unachtsamer Trinker , dessen Namen wie ein Geheimnis gehütet wurde, doch unter der Hand sagt man, dass es der damalige Herr Bürgermeister gewesen sei, während seines verdienten Trollingerschläfschens an die Glocke gekommen sei, er hat sich BITTERBÖS gesträubt damals, doch musste er nach einer zünftigen Rauferei, welche einen Armbruch beim Meier Kurt, ein blaues Auge beim Franz und so manche blutige Nase hinterlassen hatte, die Lokalrunde bezahlen.

Liebe Frau Wirtin, was wollen sie mir damit sagen, fragte Mehlmann völlig fassungslos und einem sehr angespannten Gesichtsausdruck, weg war der Heldenmut und er ahnte schlimmes.

Ja, aber Herr Professor, wer dies Glöckle bimmeld, der muß a Lokalronde zahla! Tja, liebe Frau, das wusste ich nicht und ich wollte mir ja nur Gehör verschaffen. Wer jetzt mit einem Ausbruch der Feindseligkeiten rechnet, der ist auf dem Holzweg, zu sehr, zu groß war das Entsetzen über das gehörte, als das auch nur ein einzelner der Anwesenden hätte Atmen können, schiere Not, totale Verzweiflung. Dies schien auch dem Herrn Professor aufgefallen zu sein und in sekundenbruchteilen ging es durch sein Akademiker Hirn : Na, dann ist auch gleich der Einstand bezahlt und die Leute erwarten sowieso mal mehr Freizügigkeit, des weiteren sind ja sonst nicht übermäßig viele Gäste da, kurz und gut, er hatte die Einsicht, vor Prügel und Nachsicht. – Tja meine Herren, meine liebe Martha Vogel, aber Unwissenheit schütz vor Strafe nicht klar bezahle ich meine Runde, war doch nur ein Spaß.

Wieder Sekunden der Stille, dann brach es heraus ein Stimmengewirr lauter und durchdringender als zuvor, doch eines war klar es herrschte keine Unstimmigkeit mehr und es war auch keine Diskussion, es wurde bestellt.

Wundersamer weiße waren die aufgetischten Getränke, welche eine schiere Zeit nach der Bestellung gebracht wurden, alle in riesigen Gläsern und auf die Frage, ob eine Lokalrunde immer so Überdimensional ausgeschenkt würde meinte die Wirtin, *noi, aber erstens hemor koine kleine Glässla mehr und bei denne Gäst glaubt mor gar net, was die trenga kennat wenns nix koscht.* Darauf gab es nichts zu sagen, der Abend war gelaufen.

Kling, kling, kling ertönte es, als der Herr Schotterbeck mit einem Kugelschreiber an sein Weinglas schlug, *ja meine Herra im Namen der anwesenden Gäschte, möchte ich mich,* hö, hö hö, rief Frau Vogel dazwischen, *also, im Namen der anwesenden Dame und der Herra, möchte ich einen Tost auf unseren edlen Spender ausbringa : Lieber Herr Professor auf ihr wohl und treu dem Motto: drengat bevors schlecht wird – Zum Wohl Proscht!!!*

So setzten die Dame und die Herren an und ließen sich die Runde zum Wohle ergehen. Plötzlich spürte Mehlmann einen leichten Druck in der Seite und als er nach links sah, sah ihn der Schmid Eugen mit einem schelmischen Blick an und flüsterte ihm zu, *war des jetz aus versäha, oder blos domm glaufa? Na ja macht nex schmecka duats!*

So meine Herren, nachdem wir ja nun wieder zu einer gesitteten Runde geworden sind, *so a gsidate Ronde kasch öfters macha,* entgegnete der Meier Kurt, ja ja, aber jetzt im Ernst, was war der Auslöser ihres Disputs und wobei könnte ich mit Fachmännischem Rat zur Verfügung stehen?

Tja Herr Professor, das ist eine kitzlige Sache, unser Meier Kurt, wie sie ja wissen kein besonderer Vogelkenner und der nicht mal weiß was Ornithologie bedeutet, hat da ein altes Märchen ausgegraben und behauptet, er hätte den *Gug* gesehen. *Bledsenn* rief der Schmid Eugen. Was ist das, was soll das sein der *Gug? Vielleicht war ja au dor Gerichtsvollzihor bei am*, platze der Hägale dazwischen. *Abor, abor* entgegnete da der Meier Kurt, *jetzt bass abor auf was da sagscht.* Also jetzt reicht es, ich möchte nun gerne wissen, von was wir hier reden, langsam wurde Mehlmann lauter. Also nach einer alten Sage, oder Märchen, oder was auch immer, *Wäschweiborgschwätz,* gibt es hier bei uns im Land eine Kuckucksart, die es nur hier gibt und sich von der normalen Gattung dadurch unterscheidet, das dieser Vogel nicht KUCKUCK ruft, sondern eben nur auf schwäbisch GUGUG, oder manchmal auch nur GUG, zudem hat er die schwäbischen Farben Schwarz Gold am Schwanzansatz. Ja, gesehen hat ihn zwar noch niemand, zumindest nicht das ich wüsste kam Schlotterbeck zum Ende.

Oh, entwich es Mehlmann, tja aus ornithologischer Sicht, ist das denkbar, aber nicht wahrscheinlich, denn, warum sollte die Evolution speziell hier eine Unterart erzeugt haben, denn bekanntlich ist das Schwabenland zwar speziell, aber nicht abgesondert und zudem kann ich mir nicht vorstellen, das ein Vogel von der Größe eines Kuckucks über die Jahre hier unentdeckt geblieben wäre, zumal es hier auch noch eine führende ornithologische Fakultät gibt. Mehr konnte er dazu nicht sagen, denn erstens wurden nun die Karten verteilt und Kartenspiel ist Heilig, zweitens diese Geschichte ist unmöglich, doch was hatte er da selbst gesehen und gehört. Die Gedanken kreisten das Spiel lief komplett an ihm vorbei. Gug, wenn das zuträfe und er diese Gattung nachweißen könnte, er sah schon die Auszeichnungen „Der Mehlmannsche Kuckuck".

Donnerstag , Dorfschmiede Kenga 7:00 Uhr

Sag mol Eugen, sagte der Meier Kurt zum Schmied, *wie hat des eigentlich der Professor gestern gmoint mit Revolution hier bei ons en Schwoba? Oh Kurt, Evolution, net Revolution, des isch die Veränderung von de Merkmale ond so weiter* sagte der Schmied. *Ha du bisch abor gscheid,* war alles was es dazu vom Kurt zu sagen gab. *So ond jetzt ist Schluss mit dem Blödsinn, ich möchte jetzt was schaffa, also Prost.*

Wohnung Mehlmann 7:30 Uhr

Der Wecker verrichtete seinen Dienst und das schon seit einer halben Stunde, doch der Schlaf war nicht erholsam und die Gedanken an diesen Gug ließen den Professor nicht zur Ruhe kommen, aber es half nicht, die Welt wird nicht vom Bett aus erobert und so stand er auf brachte die übliche Morgentoilette, Frühstück etc. hinter sich und ging mit schnellen Schritten Richtung Universität.

Rathausapotheke 8:00 Uhr

Zwar war noch genügend Zeit, denn Schlotterbeck öffnete seine Apotheke erst um punkt 9:00 Uhr, doch irgendwie musste er sich beschäftigen. *Der Dackel von Meier Kurt, was muß der au di blöde Gschicht von dem Gug vorbrenga, wie steh ich jetzt do vor dem Herra Professor, so was Saudomms.* So gingen seine Gedanken seit diesem unsäglichen Abend, zumindest stellte sich dies für ihn so dar, weiter und weiter. Auf der einen Seite, war da diese Eventualität, eine Untergattung nur hier, aber doch auch die Angst das Gesicht zu verlieren, war es nicht sein eigener Vater, der behauptet hatte dieses

Tier gesehen und gehört zu haben. Er konnte sich noch genau an das Gespött der Leute erinnern, als alle den damals noch kleinen Buben ansprachen : *Gell des isch net einfach, wenn der Baba emmor seine Mittala en dor Abodeg ausbrobiert.* Er hasste es, dass die Leute ernsthaft meinten, sein Vater hätte sich selbst Drogen gemischt und so im berauschten Zustand diesen Vogel gesehen. Seit diesen Tagen wollte er nicht mehr über diesen unseligen Vogel sprechen und nun kommt diese Meier Kurt und jetzt ist es sogar bis zum Professor vorgedrungen, wo soll das noch enden.

Gasthof Spatz Kenga 8:30 Uhr
Martha Vogel, war bereits wieder in der Gaststube, obwohl es wieder spät geworden war, ihr Motto war eben : *Spät nei ens Bett, früh raus ausom Bett!* Doch an diesem Morgen war sie gut gelaunt, diese Runde würde ihr unvergesslich bleiben, ja muss denn erst ein Auswärtiger kommen, um in unserem Geizhalsland die Glocke zu betätigen, was soll's, ihr konnte es recht sein, denn sie hatte ein Geschäft gemacht und das war ihr Leben : *Ond wenns au koin so an Vogel gibt, so hats doch Geld brocht!*

Samstag Wohnung Mehlmann 7:00 Uhr
Wochenende, oh Du heiliges Wochenende, nichts als Ausruhen, den lieben langen Tag Zeit, keine drückende Arbeit, Termine, nur dürfen nichts müssen.
So, heute geht's in Ruhe zum Wald, nur schauen, fotografieren, ich lass mir doch von diesen Hinterwäldlern nicht meine Laune, oder gar meine Gedanken steuern. Nicht an Vögel denken, die es nicht gibt, nicht geben kann und so etwas wie vor zwei Tagen im Wirtshaus

wird auch nicht mehr vorkommen. Wer bin ich denn, wozu habe ich so lange studiert, wer ist denn hier der Fachmann, wer leitet denn dieses renommierte Institut, dachte der Professor. Danach verlies er seine Wohnung und machte sich auf den Weg Richtung Neckarhalde, um von dort den Weg zum Wald bis zum Plochinger Kopf und zurück über die Baggerseen anzutreten.

Ich hoffe nur, das diese Hobby Ornithologen heute noch im Bett liegen, oder etwas zu tun haben, letzteres ist bei Schwaben ja sowieso normal, so werde ich wohl keinem begegnen, so soll es sein Ich und die Natur.

Als er gerade vom Dorf aus den Weg zur Neckarhalde eingeschlagen hatte, hörte er hinter sich das unverwechselbare knattern eines Traktors, er ging zur Seite um Platz zu machen. Der alte Holderbuldog bremste laut quietschend. *Guada Morga,* rief ihm der Fahrer entgegen. Oh, nein, der Maier Kurt, dachte Mehlmann und gab ein freundliches Guten Morgen zurück.

Schon so früh auf den Beinen, fragte Mehlmann. *Noi,* war die Antwort, *ben jo mit meim Buldog onderwegs, s´Laufa isch net so mei Sach. Sísch abor guat, dass ich se hier treff. Gangatse Vögala gucka ?* Ja, ich wollte einfach mal in Ruhe zum Wald, etwas hier und etwas da, nur mal schauen. *Ja, dann müssat se abor unbedingt au nübor zom Hexabuschtahäussle, denn dort ischt dia bescht Gelegaheit, das se den Gug sehat.* Oh Herr Maier, jetzt wollen sie mich wohl wieder auf den Arm nehmen, das ist einfach nicht möglich, das kann nicht sein, diesen Vogel kann es einfach nicht geben. Es stimmt zwar, das manches mal Dinge geschehen, oder Dinge existieren wo wir überrascht, oder sehr erstaunt sind. Zuweilen muss ich sagen, dass auch ich nicht davor gefeit bin und das eine oder andere Mal habe ich mir auch schon Gedanken über diesen Vogel gemacht. Doch letztendlich, sollten wir die Sache realistisch und rein wissenschaftlich betrachten … Da war es dem Kurt zu viel, zu viel der Worte, der Erklärung, der Zurechtweisung und der Rechthaberei. *Das war jetzt abor viel ond nett gsagt Herr Professor, au wenn i letztendlich blos die Hälfte verstanda hab, so kann i doch au blos saga, das i des Vögale gseha hab, mit meine eigene Auga und nüchtern, war i fascht au. So, ond was i gseha hab, hab i gseha, au wenn i des niemand sonscht bisher gsagt hab!*

Gut, gut Herr Maier erwiderte Mehlamnn, das möchte doch auch niemand bezweifeln und um die Sache abzukürzen und den Maier Kurt nicht vor den Kopf zu stoßen und aber auch um insgeheim mehr Informationen zu bekommen fragte er. Also lieber Herr Maier, wo haben sie denn jetzt diesen Kuckuck gesehen? *Ja, des hab i doch jetzt scho gsagt, drüba am Hexabuschtahäussle!* Schön und wo, wenn ich fragen darf ist dieses Hexabuschtahäussle? *Ah guat, des kennat se also net,* entgegnete der Maier Kurt. Nein, ich habe keine Ahnung, sagte der Professor, da sollten sie mir wohl den Weg erklären und ich verspreche ihnen, dass ich ein besonderes Augenmerk auf die Tiere in diesem Bereich haben werde. *Tja, des Hexabuschtahäussle isch eine alte Blockhütte und liegt sehr abgelega, ja fascht scho versteckt em Wald, s´isch a bissale grussalig dort, schwer zu finda. Manche Leut sagat es spukt dort, wobei ich des net glaub.*

Vor langer Zeit, war des der Treffpunkt von de hiesige Räuber. Für die war der Platz ideal, doch t´Leut sagat, dass dort scho seit über 30 Johr koi Krumma Sach mehr gmacht worden ist, was aber nicht bewiesen ist. Ja, dann

ist das Privatbesitz, fragte der Professor. *Nur die Hütte ond a bissale Land dromrom,* antwortete unser Meier Kurt. *Des gehört so ma Sackbendl aus Wendlinga, abor der Wald selbor isch zugängig, Kenganor Gemeindegrund. Des kann ja wohl au net sei, das dia von der anderen Neckar-seite hier bei ons was zu sagen hättat, s´isch scho gnug, dass die Hütte oim von dene gehört. So, aber jetzt sage ihna dor Weg, denn i muss weiter hab jo au was besseres zu tun als den ganza lieben Tag zom schwätze. Gut, jetzt gehat se einfach den Weg hier entlang, nondor bis zom Wald,*
dann an der Quelle links durch die Fichtaschonung, den Hügel hoch, über d´Lichtung rechts, da sehat se an alta Stoibruch, net sehr groß, aber er hat ausgreicht om Garta-meierla zu baua. Dann emmor grad aus, sieht aus wie Urwald ond noch 10 Minuten , müsstat se eigentlich bei der Hütte sei. Abor gehat se net weiter wie die Umfriedung, s´isch an altor Maschadroht , abor total verwildert mit Brombeer ond Efeu. Nomal, net weiter wia zom Zau, ja net zur Hütte, denn des mag der alte Sackbendl überhaupt net. Man weiss nie ob er da isch, ond mit dem isch net guat Kirscha essa. Sollten sie glück haben, müsstat se den Ku-ckuck seha, so, aber jetzt muss i weiter also guats verrichten. Der Traktor setzte sich in Bewegung und ohne sich noch einmal umzudrehen tuckerte der Meier Kurt sei-nem Tagwerk entgegen.

Auch der Professor setzte nun seinen Fußmarsch fort, Richtung Wald, wie geheißen, das war von Anfang an sein Ziel und sollte ich die Hütte finden so ist es recht und wenn nicht, denke ich habe ich auch nichts ver-passt.

Innerlich im Zwiespalt, ja, ich dachte ich hätte diesen Vogel auch gesehen, Peter hat doch auch darüber gesprochen, ich hätte es nicht vergessen dürfen ihn zu fragen, doch all dies und die Informationen drum herum, klingen wie eine Räuberpistole ... es Spukt, Räuberlager, Sackbendel, was oder wer das auch immer sein mag (so nennt man die Einwohner von Wendlingen, eine Stadt am Neckar). Sei´s drum, es gibt eine Erklärung, es gibt ein logisches Ende, wie es auch immer aussehen mag.

Quelle, an der Quelle links, hat er gesagt, aber wo soll hier eine Quelle sein, doch da hörte der Professor auch schon ein plätschern. Da, ein mit Steinen eingefasstes Wasserloch, welches sich als Rinnsal weiter durch den Wald fortsetzt. Er traute seinen Augen nicht, da hatte jemand ein Wasserrad angebracht und es von abscheulichen Gartenzwergen bewachen lassen. Kitsch pass auf, oder Vorsicht Falle. Mit einem lächeln auf den Lippen bog er links ab und schlenderte durch die Fichtenschonung. Wie schön die Natur doch ist, ging es ihm durch den Kopf, wenn man bedenkt, das nur wenige Kilometer von hier ein emsiges Treiben in den umliegenden Gemeinden mit ihren Industriegebieten herrscht.

Lärm, Unruhe, Schaffen, Geld verdienen und hier, Ruhe, Abgeschiedenheit, ursprüngliche Natur.

Der Steinbruch entpuppte sich als Idyll im Wald, nicht groß, war wohl auch nie sehr ergiebig und ward bestimmt bald wieder aufgegeben. Eine Oase der Ruhe, ein Kleinod. Mehlmann legte seinen Rucksack ab, nahm seinen Feldstecher zur Hand und inspizierte die Gegend. Da gab es nichts, zumindest nichts was er nicht kannte in der Natur. Alles war an seinem Platz.

War bekannt, nicht speziell, Beruhigend. Er fiel in eine Zufriedenheit, setzte sich auf einen bemoosten Stein und ergab sich seinen Tagträumen.

... Liebes Fachpublikum, liebe Kolleginnen und Kollegen, ich bin Stolz darauf, hier und heute Ihnen, eine für unsere Breiten, ja sagen wir ruhig, eine Sensation bieten zu können. Es ist nicht außergewöhnlich, wenn Forscher in Fragen der Biologie uns neue Arten, oder Unterarten aus dem Amazonasgebiet, aus Afrika, Asien oder aus den Ozeanen dieser Welt präsentieren. Wie wir alle wissen, hält die Flora und Fauna uns noch unendlich viele unentdeckte Überraschungen bereit, ja und auch das Tierreich ist voll davon, aber hier in Mitteleuropa, Deutschland, begrenzt auf einen kleinen Teil, einer zivilisierten und dicht besiedelten Region. Ja, hier meine lieben Gäste, ja hier ist es wohl mehr als eine Sensation. Es war ein kurzer, dennoch steiniger Weg, seit der ersten Wahrnehmung, bis zur sicheren Beweisführung. Dies lag nicht letzten Endes am Beweis, nein, die Unglaublichkeit, die Unfassbarkeit. Kurz gesagt, der Unglaube und die daraus resultierende Ablehnung des Ganzen. Alle Beteiligten glaubten einfach nicht an die Möglichkeit. Letztendlich haben ich allen Unkenrufen zum trotz es vorangetrieben und nun, es ist vollbracht. So habe ich nun die Ehre ihnen die Unterart eines Kuckucks zu präsentieren, welche sich nur hier im Umkreis von etwa. 2 Km² entwickelt hat. Meine Damen und Herren der schwäbische Gug, oder wie ich mir als Entdecker erlaubt habe ihn zu nennen, der Mehlmannsche Kuckuck...
Guug...Gug ...
Danke, Danke ...

Noch etwas benommen, riss Mehlmann seine Augen auf. Ich muss wohl eingenickt sein. Etwas schlaftrunken, versuchte er sich zu orientieren. Tja, schade, war eben doch nur ein Traum.

Gug ...

Was war das, herrschte in seinem Kopf immer noch die Traumphase? Doch da wieder „Gug" in Bruchteilen einer Sekunde, war der Professor nun hellwach. Das war keine Einbildung, er hatte es laut und deutlich gehört. Wo ist das Tonbandgerät, wo ist meine Kamera. Jetzt oder nie, sollte der Traum wahr werden. Panisch griff er nach seinem Rucksack, entnahm das Bandgerät. Wo bist du, rufe nochmals, zeig dich. Stille, erschütternde Stille. Kein Kuckuck, nichts ! Die Nerven gespannt wie ein Flitzebogen spähte er durch sein Fernglas, nichts, weit und breit kein Kuckuck. Nach weiteren etwa 30 Minuten gab er niedergeschlagen auf. Er hatte es wieder gehört, es war keine Einbildung, keine Täuschung beeinflusst durch Tagträume oder Wunschdenken, es war da, der Ruf war da der schwäbische Gug war da. Nun wollte er nur noch weiter, eventuell an diese Hütte, wie war doch noch die Wegbeschreibung ?

Ich muss in den dichten, den Urwald rief er sich ins Gedächtnis. Wieder mit einem Lächeln auf den Lippen schnallte er sich seinen Rucksack um, das Bandgerät wurde zusammen mit der Kamera und Feldstecher geschultert. Spukwald, Urwald, ja, der Meier Kurt, aber wer weiß wie viel Wahrheit darin steckt, das könnte eine Lösung sein. Abgeschiedenheit, Ursprünglichkeit, von den Menschen gemieden, eine Chance für die Natur.

Die Chance etwas zu ändern, verändern. Der Weg durch das Dickicht war beschwerlich, es gab keinerlei Anzeichen eines Weges keine menschlicher Eingriff. Wahrlich ein Stück unberührte Natur. Gefallene Bäume, vermoderte und vermooste Stämme, Wurzeln, dichte Bodenbewachsung, Dunkelheit. Alleine dieser Eindruck, ursprünglicher Umgebung war etwas Unheimliches und dazu kam die Stille. Ein Wald ist nicht still, war der Gedanke unseres Professors, es gab keine Laute und je weiter er in dieses Refugium eindrang, desto stiller und dunkler wurde es. Die Temperatur sank, es wurde feuchter, dösiger, schummriger. Ja, das war wohl ein Platz für Räuber. So muss alleine schon diese Stimmung im Wald den einfachen Menschen ein Schauer, ja die pure Angst in die Knochen getrieben haben. Mehlmann bekam eine Gänsehaut, doch nicht vor Angst, nein, da hatte er schon ganz andere Urwälder durchquert, es war ein freudiger Schauer, freigesetztes Adrenalin. Dies ist ein Platz sich zu Vergessen, doch weit und breit leider kein Kuckuck. So setzte er seinen weg fort und drang tiefer und tiefer ein. Weglos, aber nicht Ziellos, wenngleich er doch nicht sagen konnte, wo das Ziel lag. Unglaublich, aber dieses unzugängliche Gelände schaffte es noch unzugänglicher zu werden. Plötzlich wurde er jedoch von eine Art Zaun gebremst. Fragmente, erkennbare Reste einer Einfriedung und in etwa zehn Meter Entfernung sah er die Hütte. Ein Bild wie aus einem Gemälde, fast schon Kitschig. Sie lag mit Nebel, ein mit Moos bewachsen und mit Efeu überzogenes Fantasiegebilde. Nein, dies ist kein Ort für Räuber, kam es ihm in den Sinn, aber sehr wohl ein Ort für Zauberer und Hexen. Ein Ort, wo über offenen Feuern in Kessel,

Zaubertränke, gebraut werden. Regale mit geheimen Büchern. Formeln, welche die Welt verändern.

Hallo, rief es ihm entgegen und er verlor sein Lächeln, keine Angst, doch irgendwie erschreckend, plötzlich in dieser absoluten, stillen Abgeschiedenheit eine Stimme zu vernehmen. *Hallo, hier ist Privat, da kennat se net weiter, do hen se nix verlora.* Er erwiderte mit einem freundlichen guten Tag, um erst einmal die Schärfe aus der Situation zu nehmen. Doch sein Gegenüber lies sich davon nicht beeindrucken und gab zurück. *Gut, wenn se wollat, na hem mor halt au an schena Tag, aber hier isch Schluss, do hen se nex verlore, also machat se das se Land gwennad ond verschwendate se.* Entschuldigung, sagte der Professor, ich wollte sie nicht stören, oder hier eindringen. Ich bin Professor Mehlmann von der Kenganer Universität und möchte nur Vögel beobachten. Ah, sagte der Fremde, *obor störe tun se ond mit Kenganor Gögl (Göckl war die Bezeichnung für Kenganor im Volksmund) will i sowieso nex zton han! So a seltana Vogl ben i dann au net, dass se do romschleicha missat, also Freindle, omdreha ond ab mit dir.* Sichtlich geschockt von solch einer barschen, ja rüden Behandlung, drehte sich der Professor wortlos um und ging zurück, um dem Wunsch, oder besser dem Befehl seines Gegenüber nachzukommen. Nachdem er etwa 5 Minuten gegangen war, sein Herzschlag wieder einigermaßen normal war, kam es ihm unglaublich vor, wie konnte es wohl sein, das er sich wie ein kleiner Schuljunge hatte so vertreiben lassen. Er war zwar nie der Mutigste, ging Streit aus dem Weg, doch das war einfach Unfassbar. Er schämte sich für sein Verhalten. Soll ich so sein, bin das ich?

Lasse ich mich so einfach vertreiben, nur weil ein mir Unbekannter so einen Ton mir gegenüber anschlägt?

Entgegnen hätte ich müssen, fest, ruhig, aber bestimmt.

Gut, das niemand sonst da war, da hätte ich mich ja bis in alle Ewigkeit palmiert. Nun stieg Wut in ihm auf, Wut über sich, sein Verhalten, dazu kam Zorn, Zorn auf diesen Fremden.

Was sagte Meier Kurt: Die Hütte und ein bisschen Land drum herum ist Privat, der Wald ist Gemeindegrund. Woher nahm also dieser Rüpel das Recht mich zu vertreiben. Er fasste einen Entschluss. Ich gehe zurück und kläre die Situation, werde meinen Mann stehen und die Sache standhaft aus der Welt schaffen. Gedacht getan, festen Schrittes zurück Richtung Hütte. Dort angelangt rief er laut und vernehmlich: Hallo, hallo, sie, ich hätte da doch noch etwas zu sagen. Es war ruhig und niemand war zu sehen, also setzte Mehlmann erneut an: Hallo. Plötzlich knackte es hinter ihm, wie wenn jemand auf einen dürren Ast getreten ist. Er drehte sich um und da stand er. Ein Riese, ein Ungetüm, selten hatte er solche Ausmaße gesehen, dies war ihm bei der ersten Begegnung gar nicht aufgefallen. Das Abbild eines Preisboxers, eines Profiboxers, der Mut schwand, ein zurück gab es jedoch auch nicht.

Was isch los, hab ich net gsagt Du sollsch abhaua, muß ich dir erscht a Körperliche Verwarnung gebba, brüllte der Fremde. Entschuldigung, wisperte Mehlmann, aber das hier ist Kenganer Gemeindewald und kein Privatbesitz, hier hat niemand das Recht mich, oder sonst irgend jemanden zu vertreiben. Der Fremde kniff die Augen zusammen und es sah so aus, als das sein Gesicht zu einem Lächeln gelangte.

Er sagte ganz, ganz ruhig mit tiefer Bassstimme :

Also Freundchen, Kenga hin, Privat her und wenn Du willscht, dann kanscht du mich au Niemand rufa, aber wenn ich dir oina auf Gosch hau ond a paar en Arsch dapp, do wirst du dann scho merga, dass i dich oder au sonst jemand vertreiba kann.

Aber bitte, stammelte Mehlmann, sie würden wohl doch kaum Handgreiflich werden. Sein Mut, war zwischenzeitlich weg, auf null. *Noi, die Arschtritt mach e mit am Fuass, ond wer weiss, ob du Lachplatte oina an Backa no brauchsch. So, aber jetzt dreh de om ond mach das da Hoim kommscht.*

Oh je, so hatte sich Mehlmann seinen Versuch diesem Kerl benehmen beizubringen nicht vorgestellt, doch Angesichts der körperlichen Bedrohung und dem daraus resultierendem körperlichen Schmerz, ja Schaden, setzte er erneut zum Rückzug an. Schändlicher und schmachvoller als der Erste doch da vernahm er es „Gug", alle Angst war wie weggeblasen. „Gug", : haben sie das gehört ? *Waaas*, keifte der ungastliche Fremde, *was soll ich ghört han ?* Dieser Ruf, diesen Vogel, diesen Kuckuck, rief Mehlmann fast schon hysterisch. „Gug", da schon wieder, um Himmels Willen, haben sie denn das nicht auch gehört ? *Ah, den bleda Kuckuck, des got doch dich an Scheissdreck o, jetzt hau endlich ab, sonst kann heut am obad dai Witwe a Trauorkleidle oziega.* Aber, wollte Mehlmann sagen, doch es gab keine Chance, der Fremde machte einen Schritt auf ihn zu. In aller Eile drehte sich Mehlmann um und suchte mit schnellen Schritten eine sichere Distanz zwischen sich und der Bestie aufzubauen. Er wusste nicht wie lange er schon gelaufen war, es fehlte auch der Mut sich umzudrehen, um sicher zu gehen, dass der Verfolger endlich abgeschüttelt ist, erst als er die Quelle erkannte verlangsamte er seine Schritte. Schwer atmend wandte er sich um, da war nichts, niemand, Gott sei dank, den habe ich wohl abgeschüttelt, ich bin ihn los. Langsam beruhigte sich auch sein Herzschlag wieder, wobei man hier nicht sagen konnte, ob der Herzschlag so raste, weil er so gerannt ist, oder durch die Angst vor dem Fremden, oder aber gar die Tatsache, dass er wieder laut und deutlich diesen Vogel gehört hatte. Heim, nur noch Heim, er wollte niemandem mehr begegnen, wollte nicht mehr an diese Situation denken, diese Schmach, diese Pein.

Zuhause angekommen, pellte er sich aus seinen Kleidern, ging unter die Dusche und legte sich danach ins Bett, er dachte nur noch an Schlafen, Vergessen.

Doch es wollte sich kein ruhiger, erholsamer Schlaf einstellen. Mehlmann wälzte sich von einer zur anderen Seite. Es war alles zu viel, niemals zuvor, hatte er auch nur annähernd so etwas erlebt. So nahe am Ziel, denn eines war klar, der Vogel war da, denn auch dieses Monster hatte den Kuckuck gehört, auch er hatte ihn erwähnt. Kalter Schweiß brach aus, wie konnte er es je beweisen, wie konnte er die Heimstätte des Bösen jemals wieder betreten ? Eine Möglichkeit, könnte eine Strafanzeige bei der örtlichen Polizei sein, doch würde dies diesen Menschen bremsen, oder eher noch wilder machen ? Sollte ich Peter beten mich zu begleiten, auch er ist ein furchtloses schwäbisches Urgestein, die sollten sich doch gegenseitig die Schädel einschlagen, jedoch hat das dann auch wieder einen großen Nachteil, so könnte er sich nicht mehr als alleiniger Entdecker ausgeben, denn Peter war Akademiker und Mitarbeiter der

Universität. Alles schien so aussichtslos. Sein Körper wurde schwer und er sank in einen tiefen Schlaf.

Wochen später...

Stammtisch Spatza Kenga.

Es war außergewöhnlich für Mehlmann, doch er hatte sich dazu entschlossen heute in den Spatzen zu gehen. Nun seit zwei Wochen nach seinem traumatischem Erlebnis, konnte er wieder unter Menschen, Menschen außerhalb seiner beruflichen Tätigkeit. Auch wollte er einen Versuch starten mehr über diesen Kerl von der Hütte zu erfahren, wollte die Sache, die Forschung nach dem Vogel wieder aufnehmen. Der Spatz schien ihm die einzige Möglichkeit zu sein Informationen zu bekommen. Doch was war schlimmer ? Sich zu diesen plumpen von Spott und Gleichgültigkeit getriebenen Stammtischlern zu setzten, oder sich direkt der Gefahr an der Hütte auszusetzten ? Tja, am Stammtisch gibt es wenigstens keine körperliche Gewalt, zumindest nicht seit er hier zugegen war. Als er die Wirtsstube betrat, waren die Herren wie gewohnt am diskutieren und Schlotterbeck, was ja normal war, führte die Runde lautstark an. Weitere Diskutanten waren der Herr Bürgermeister, der Pfarrer, der Schmied, der durfte sowieso nicht fehlen und Gott lob, was Mehlmann hoffte unser Meier Kurt war auch da. Wobei, wo sollte er auch sonst sein. Der Abend verlief bisher ruhig eben normal, durstig, kein Kartenspiel und es gab keine besonderen Themen.

Ja Grüß Gott rief ihm Schlotterbeck entgegen *des isch a mol a freidiga Überasschung,* Mehlmann erwiderte den Gruß und setzte sich ans Ende des Tisches, direkt neben

den Schmid Eugen. Kaum hatte er seinen Platz einge-
nommen stand auch schon die Wirtin hinter ihm.

*Ja guck au do no, was darf ich ihne denn brenga, oder
möchtat se glei wieder s´Glöckle bediena ?*

Er drehte sich um und sah ihr direkt in ihr breit grin-
sendes Gesicht. Guten Abend Frau Vogel, es reicht
wenn sie mir ein Bier zapfen und das mit dem Klingeln,
lassen wir mal und heben es uns für ein Andermal auf !
Schad, erwiderte die Wirtin, *a Halbe fügte sie noch kurz
hinzu,* wobei dies wieder einmal nicht als Frage sondern
als Bestellbestätigung zu bewerten war. So gab Mehlmann auch keine Antwort und drehte sich wieder den
Herren zu. Es dauerte eine ganze Zeit, bis unser Professor dem Thema der gerade laufenden Diskussion folgen
konnte, denn zum einem sprachen die Herren in tiefem
Schwäbisch und zum Anderen, war es sowieso mehr ein
wildes Durcheinander. Zumindest konnte er feststellen,
dass es darum ging, ob man wohl den Autoverkehr zum
Wald hin einschränken sollte, ja sogar verbieten wie der
Meier Kurt lautstark verlangte. Er plädierte dazu, dass
nur noch landwirtschaftlicher Verkehr zugelassen werden sollte. Sein Grund war allerdings nicht verkehrs-
technisch, oder gar umwelttechnisch begründet, nein, es
gefiel ihm einfach nicht immer wieder mit seinem Buldog dem Gegenverkehr von PKWs auszuweichen. Er
sagte : *Do kosch garnemme normal fahra, do muasch emmor aufbassa. Jo, des stemmt, meinte der Schmid Eugen,
des nemmt langsam überhand, was müssat dia ganze Leut
au bis zom Wald noh fahra, om sich dann am Plätze end
Sonne zu lega, da kosch grad moina dia hättat alle nix
mehr zom doa, dia hen wohl garnix meh zom schaffa
Dohoim.*

Das war die Gelegenheit, nun ergriff Mehlmann das Wort. Da gebe ich Ihnen Recht meine Herren, es ist wirklich wünschenswert dies Idylle zu schützen, die Natur zu erhalten in ihrer Ursprünglichkeit zu erhalten wohl gemeint.

Ah und wenn wir schon über Ursprünglichkeit und Natur reden, wollte ich mich doch auch gleich bei ihnen bedanken lieber Herr Meier Kurt. Der Tipp mit dem Hexabuschdahäussle, das ist eine unsagbar schöne und ursprüngliche Gegend. *Ah, ja hen ses denn gfonda,* fragte der Meier Kurt. Ja, danke, nicht so schnell, aber das hatten sie ja gesagt, das es nicht so einfach sein würde. *Guat, fing Meier Kurt an, es isch dort, abor au gfährlich on dor Grond isch dozu no feucht selbst s`Holz taugt dort nix.* Als dies der Bürgermeister mit bekam, das der Meier Kurt vom Hexabuschtahäussle sprach, sagte er nur, *Kurt halt Gosch, ond an dem Häussle ond en der Gegend hot niemand ebas verlora.* Das konnte Mehlmann jetzt nicht verstehen, der Bürgermeister und in diesem Ton ? Er fragte, wieso dass denn und wieso denn gefährlich, das wollte nun auch der Herr Pfarrer wissen. *Ja, des wois doch a jedor hier, des isch gfährlich wega dem elenda Sackbendl, dem Lombiga,* erklärte Schlotterbeck. Ja, ja sagte der Herr Pfarrer, abcr der Herr wacht auch über solche gar garstigen Schafe, seine Zeit wird kommen und dann muss er die gerechte Strafe entgegennehmen. *Nix,* rief da der Meier Kurt, *dem sollte ma doch liebor glei dia gerechte Strof abgeba, lenks ond rechts a baar an Gosch no.* Laut lachend rief der Schmied Eugen dazwischen *ond wer soll des macha, des isch dor stärkste Mann der Welt, ond leidor wohnt der Kerle auf dor falscha seid vom Neckor. Ond des isch ou dor Grund warum siea da net no* *sollten* sprach der Herr Bürgermeister Kopfnickend zu Mehlmann. Aber meine Herren sagte Mehlmann, was sind denn dies für Worte, der stärkste Mann der Welt. *Doch, doch*, schallte es zurück, *der hat mehr Kraft der isch wie a wildes Tier.* Jetzt machen sie mich aber so richtig neugierig, jetzt möchte ich mehr über diesen Herren wissen, denn es hört sich ja geradezu so an, dass dieser Mensch ganz Kenga in Angst und Schrecken versetzten könnte und jeder nur hofft, dass er nicht über den Neckar kommt und die Gemeinde erobert.

Noi, noi, rief Schlotterbeck, *do wissat mir ons na scho zom wehra, aber es ist scho etwas dran, der Kerle verbreitet Angst ond Schrecka. Er ischt unberechenbar und führt nur Böses em Schild. Tja man sagt der könnt sogar Zimmermannsnägl mit dor flacha Hand ins Holz haua, ond se dann mit de Zeh wieder rausziha. Scho sein Vador ond Großvador, warad starke, abor böse Männor. Dor Vattor, war sogar dor letzte Schwarzbrennor hier im mittlora Neckarraum ond isch lang em Gfängnis gsessa. Ja, obor die Brennerei war net der Grund für sein Arescht, er hat einen seiner Kumpane erschlagen, als der seinen Schnaps ohne sei wissa ondor d`Leut hat bracht.*

Jaja, böse ond jähzornige Leut halt. Und wie kommt es denn, das dieser Mann mitten in der Kengemer Gemarkung ein Stück des Waldes besitzt und das wohl schon seit Generationen, fragte der Professor .

Tja, des isch a langa Gschicht sagte der Bürgermeister, *aber des wolla mor doch jetzt net besprecha.* Jetzt werde ich aber oberneugierig, das hört sich ja an, als haben die Kenganer hier ein Geheimnis! Unser Professor lies nicht locker, jetzt hatte er Blut geleckt. Gab es da etwas, was geklärt werden konnte um danach in Ruhe sein Projekt

Kuckuck anzugehen? Doch die Herren blieben stur. *Jetzt isch guat*, meinte Herr Schlotterbeck, *lassat ons über was anderes reda*. Aber Bitte, meine Herren, doch bevor Mehlmann weiter reden konnte wurde er vom Eugen am Ärmel gezogen, *guat, ruhig jetzt, wer nochmol davo afanga tut, der zahlt a Ronde – KLAR?*

Oh mein Gott, dachte der Professor, das ist eine böse Drohung, innerlich zerrissen, denn auf der einen Seite die Informationen, der Drag, der Druck mehr zu erfahren und auf der anderen Seite eine Runde, nein, da muss die Vernunft siegen.

So gestaltete sich der Abend weiter mit endlosen Diskussionen um nichts und wieder nichts, wie es eben so üblich ist in unserem so schönen Land, an einem Abend in einer gemütlichen Gaststube bei Wein, Bier und Schnaps an einem Stammtisch.

Freitag Ornithologisches Institut

Helga, Peter, kommt einer von euch beiden heute noch ins Dorf und eventuell bei der Apotheke vorbei, tönte es aus Mehlmanns Büro lautstark durchs ganze Gebäude. *Jetzt aber, was schreit der denn so rum* , sagte Peter leise zu Helga. Diese setzte schon zur Antwort an und brüllte zurück NEIN für mich und *NOI* für Peter.

Schiit murmelte Mehlmann vor sich hin und etwas lauter, tja wenn ich einmal was von euch will. Da muss ich eben selbst los, denn für morgen habe ich eine Exkursion geplant und sollte doch noch einen Insektenstift besorgen.

Computer aus, Jacke an, Licht aus und Tschüss dann ihr hilfreichen Mitarbeiter. Froh gelaunt ging es Richtung Innenstadt, falls man das so sagen kann, es ging eben einfach an dem einen und anderem Misthaufen vorbei ins Oberdorf.

Am Marktpatz angelangt, als er gerade rüber wollte zur Apotheke, bemerkte er hinterm Rathaus einige Herren, er wollte schon zurufen, als er plötzlich einen Schreck bekam.

Da standen doch tatsächlich an der Gemeindescheuer die Herren Schlotterbeck, Kächale, Hägale, Meier und der Bürgermeister sowie unsere Frau Vogel, dies musste, könnte und sollte ja nichts besonderes sein, denn die kannten sich und lebten mit und voneinander. Doch der Schreck saß tief, unser Professor traute seinen Augen nicht zu dieser Runde gesellte sich auch dieser Sackbendel, dieser Grobian von der anderen Seite des Neckars. Nicht das die Herrschaften Ihn umzingelten, oder stellten, um ihn eventuell in seine Schranken zu verweisen. Nein, Mehlmann traute seinen Augen nicht. Dies war eine Lustige, wenn auch verschworene und auf Vorsicht bedachte Zusammenkunft. Da wurde etwas abgeladen, da wurde in Eile, doch behutsam etwas in die Gemeindescheuer gebracht. Genau war es nicht auszumachen, denn es war zu weit und der Professor wollte, oder eher traute sich auch nicht näher zu treten, denn sonst hätte womöglich noch sein Erlebnis mit diesem Flegel den Weg nach Kenga gefunden. Kanister, das sind doch Kanister. Was tun die da, was ist das Geheimnis? Wartet nur, euch komm ich schon noch auf die Schliche. Hier mit diesem Bösewicht Freund spielen, mir Geschichten auftischen, von wegen „der Kerl verbreitet Angst und Schrecken".

Irgendwie musste er aber weiter, denn so mitten auf dem Platz konnte er ja nicht stehen bleiben, sichtbar für jedermann. So ging's eben weiter und rein in die Apotheke.

Grüß Gott Herr Professor wurde er von Schlotterbecks Apothekenhelferin begrüßt. Sie, der Herr Apotheker ist im Moment aber gerade nicht da. Ah, das macht nichts Fräulein ich benötige nur einen Insektenstift und den können wohl doch auch sie mir verkaufen. Oh ja, das ist ja kein Problem, erwiderte sie. Sagen sie mal meine Liebe, habe ich eventuell den Herrn Schlotterbeck dort hinterm Rathaus gesehen, fragte Mehlmann recht Scheinheilig.

Das kann ich ihnen auch nicht sagen, er ist nur mal kurz weg, was Wichtiges erledigen hat er gesagt. Ist ja nicht schlimm, habe ja was ich wollte, was bin ich schuldig fragte der Professor und zog seine Geldbörse aus der Gesäßtasche. 3,50 kam es von der Helferin zurück. Das ist bei euch Männern schon geschickt, da braucht ihr nicht immer eine Tasche. Was meinen sie denn, stutzte der Professor. *Ha dor Sack,* das war ihm wieder etwas zu hoch und er fragte nach, was für ein Sack meinen sie denn. *Ha dor Hosasack, do passt s'Geldbeutale toll nei und so hat dann au jedor Ma ebas en dor Hos, wenn se verstehat was e moin.* Liebes Fräulein, nein, verstanden hab ich nichts und sie sprechen doch so schön unsere Sprache, warum verfallen sie denn in dieses grässliche Schwäbisch. *Weil's she isch.* Na ja, sie sind ja eben doch auch hier groß geworden, so wünsche ich ihnen noch einen schönen Tag und grüßen sie den Herrn Apotheker lieb von mir, sagte Mehlmann und wandte sich der Tür zu. Er hörte noch das Ade der Gehilfin und verschwand in der Menge, drei Hühner, ein Hund und auf dem

Baum am Platz eine Katze und mehrere Vögel, welche sich durch diese gestört fühlten.

Sein Blick ging Richtung Rathaus, doch die Verschwörer waren nicht mehr zu sehen, nur das Auto des stärksten Mannes stand noch vor der Tür der Gemeindescheuer. Na ja, da kann man nichts machen, aber da werde ich schon noch dahinter kommen.

Samstag 7:00 Uhr

Der Wecker klingelte und riss Mehlmann aus dem Schlaf, er fühlte sich noch müde, doch die Vorfreude auf seine Exkursion ins Neckartal trieb ihn aus dem Bett.

...Oh ne, wat dat denn, dat regnet ja in strömen, da wird's wohl eher nicht so schön. Doch auch Starkregen hindert einen echten Ornithologen nicht daran ins Freie zu gehen, denn wie sagt man doch so schön, es gibt kein falsches Wetter, sondern nur falsche Kleidung. Eingemummt in Gummizeug, den Outdoor-Rucksack umgeschnallt ging's los. Ja, das hat doch auch etwas gutes, dieses Sauwetter, man trifft wenig Menschen, die einem vom Ziel abhalten und durch sinnloses Geschwätz aufhalten und ich werde die Natur für mich haben. Diese Gedanken gefielen unserem Professor und stimmten ihn friedlich, tja, fast schon Glücklich.

Einige Zeit Später...

Leider, finden meine gefiederten Freunde wohl auch kein gefallen an diesem Wetter, kaum was zu sehen, nicht's spezielles. So marschierte Mehlmann Kilometer um Kilometer.

Gut, dann drehe ich wohl um, es hat ja doch wenig Sinn.

Gesagt getan und während der Kehrtwende, bemerkte er oben im Wald eine Rauchwolke, schwarzer rußiger Rauch. Was mag das denn sein, fragte sich Mehlmann, das ist doch kaum möglich, da ist doch nichts, das ist doch mitten im Wald. Um Gottes Willen, brennt denn der Wald, doch diese Frage beantwortete er sich selbst auf der Stelle. Nein, dass kann wohl schlecht sein, bei diesem Regen könnte der Wald so nicht brennen. Plötzlich kam es ihm in den Sinn, klar, da ist die Hexabuschtahütte, da ist doch die Heimstätte dieses Unholds. Kann es denn möglich sein. Das seine Hütte brennt? Gefahr hin, Drohungen her, da gehe ich jetzt hin, da schaue ich nach. Der Weg war mühsam, denn die Neckaraue war durch den Regen aufgeweicht, tief sank er Schritt bei Schritt in das Erdreich, am Wald angelangt, wurde es jedoch auch nicht leichter, denn es gab eigentlich keinen richtigen befestigten Weg, selbst Trampelpfade waren in diesem Abschnitt nicht, oder zumindest nur zu erahnen. Doch das war ihm ja bekannt, denn auch bei seinem letzten eindringen in diese Gegend war es so. Man konnte fast meinen, dass dies hier ein Stück Sperrgebiet ist, dass die Menschen diese Gegend meiden. Auch das entsprach ja der Wahrheit und daran hatte dieser Schurke großen Anteil, denn sein

Benehmen sein Auftreten war ja angsteinflößend und das Geschwätz der Kenganer Herren steigerte dies ebenso. Mehlmann erinnerte sich, das er das letzte mal einem Wildwechsel gefolgt war, dies war zwar kein ausgebauter Weg, aber bequemer und sicherer als quer durch. Die Chance diesen Wechsel wieder zu finden war allerdings gering, denn diesmal kam er ja auch aus einer völlig anderen Richtung. Das nächste Problem war, das nun im Wald die Rauchsäule nicht mehr zu sehen war und er dadurch die Orientierung verlor. Hier half aber dann der Geruchssinn, denn den Qualm konnte er nicht sehen, aber riechen. Es stank bestialisch nach Holzkohle, die feucht war und mit Hilfe von Brandbeschleuniger zum brennen gezwungen wurde. Oh, ist das ein Gestank, sagte sich Mehlmann, nicht nur dieser Brandgeruch. Nein, was verbrennen die denn da, das riecht wie Kurts Socken (Kurt war ein Studienkollege, mit dem sich Mehlmenn ein Zimmer teilte und dieser Kurt auch Käse Kurt genannt, hatte wohl die stärksten Schweißfüße der Welt) gepaart mit altem nassen Hund. So kam es, dass er wohl schon ziemlich nahe am Objekt sein musste und es sicherlich nicht verkehrt sein würde nun mit allerhöchster Vorsicht und Sorgfalt weiter zu gehen.

Der Gestank wurde stärker, auch kamen nun vereinzelt Rauchwolken, die von der Wetterlage zur Erde zurückgedrückt wurden auf ihn zu. Etwa noch 50m bis zur Hütte und ja, im Schuppen qualmte es, der Geruch nahm zu, doch roch es jetzt auch stark nach Alkohol. Wie ein Blitz kam ihm eine Erinnerung „Schwarzbrenner" das waren doch die Worte eines Stammtischbruders, sein Großvater und sein Vater waren Schwarzbrenner. Klar dachte Mehlmann, der Kerl hat hier eine

Destille, der brennt Schnaps, das ist ein Schwarzbrenner. Nun konnte Mehlmann so einiges verstehen, nun war ihm klar, warum der Kerl so auf der Hut war, warum er niemanden in diesem Abschnitt haben wollte. Dieser Saukerl ...

Ich glaub ich träume, was ist denn das, das gibt's doch nicht, das kann doch wohl nicht wahr sein, das ist doch einfach die Unmöglichkeit, eine Wahnvorstellung. Mehlmann traute seinen Augen nicht, konnte das gesehene nicht verarbeiten. Da kam doch wirklich der Meier Kurt gefolgt vom Wilhelm Hägele aus dem Schuppen. *Kurt, breng au nomal a paar neue Kanister mit ond des Pulverle aus meinor Tasch.* Aber das, das war doch die Stimme des Herrn Schlotterbeck! Mehlmann glaubte seinen Ohren nicht, das ist doch eine Bande, da fehlt doch nur noch der Schmid Eugen und die Sippschaft ist perfekt. Kaum gedacht, da öffnete sich die Tür der Hütte und der Herr Bürgermeister, der Herr Kächale, gefolgt vom Sackbendel, wie auch immer sein Name war, kamen ins Freie. *Kurt, sisch guat, du brauchsch blos no a paar Kanister, do Fritz hats Pulvor, rief der Herr Bürgermeister. Ja, i hans, koi Problem, des geit a guats Stöffle,* entgegnete da der Grobian und nun wusste unser Professor, dass dies wohl der Fritz sein musste und die Herren wohl alles aber auf keinen Fall Feinde waren. So ein Lumpenpack, dachte der Professor, was haben die mir für eine Komödie vorgespielt, was wurde da erfunden um mich von dieser Gegend fern zu halten. Lediglich der Meier Kurt, der hat mir noch den Weg gewiesen seinerzeit auf seinem Traktor, doch ihn konnte Mehlmann sowieso nicht richtig einschätzen, ihn sah er als den etwas dümmlichen Mitmenschen an. Das ist doch ein Witz, da sind die oberen Herren aus Kenga inklusive dem Herrn Bürgermeister und die Kerle brennen Schnaps, einfache, liederliche Schnapsbrenner. Ich könnte hier eine vogelkundliche Sensation erhalten und diese Saukerle halten mich aus so niedrigen Beweggründen fern von meiner Zukunft. Er wollte schnurstracks los laufen und ein Donnerwetter los lassen, doch da stoppte er, wie würden die reagieren, sollte ich so unverhofft vor ihnen stehen, ihr Geheimnis aufgedeckt? Gäbe es Drohungen, Gewalt, Mord und Todschlag? Das Risiko muss ich eingehen, hier steht mehr auf dem Spiel, nun hat sich das Blatt gewandelt, nun habe ich die Kerle in der Hand.

Seinen ganzen Mut zusammen nehmend machte er sich auf die letzten 50 m, seine Knie zitterten, kalter Schweiß lief ihm am gesamten Körper entlang, doch es gab nun kein zurück mehr. Niemand bemerkte ihn, zu sicher fühlten sich die Schnapsbrenner, zu sicher, dass bei so einem Wetter auch nur eine Menschenseele unterwegs sein könnte. Nur noch wenige Schritte trennten den Professor als er plötzlich sagte : Guten Abend die Herren, selbst überrascht von seiner sicheren Stimme. Fritz wie auch immer, Meier Kurt und Wilhelm Hägele waren so erschrocken, das sie die Kanister aus der Hand fallen ließen. *Ja jetzt, was machat denn sie hier,* schrie der Herr Hägale. *Des isch Privat,* sagte Fritz, doch diesmal weniger Fordernd, weniger Drohend, sondern eher kleinlaut. Da wusste Mehlann, er war im Vorteil, das Überraschungsmoment ist gelungen, nun musste er handeln und durfte sich die Fäden nicht aus der Hand nehmen lassen. Tja, sie wissen doch, ich suche diesen Vogel, einen speziellen Kuckuck. Nun setzte Fritz wieder an: *Bürschle, hascht die letzte Zusammenkunft vergessa, wilscht nomal was auf Gosch.* Oh je, nun lief es dem Professor eiskalt den Rücken hinunter, der Kerl hat sich gefangen. Angriff ist die beste Verteidigung also Attacke und so nahm er nochmals seinen gesamten Mut zusammen und sagte : Ruhe, Du lumpiger Schnapsbrenner, mit dir rede ich später. Das zeigte Wirkung, was auch notwendig war, denn Mehlmann war am Ende seiner Kräfte. *Lass Fritz, gib a ruha, des miss mor andorscht lösa,* rief Schlotterbeck, der gerade aus der Hütte trat. *Schau an, der Herr Professor, swirt wohl bessor sei, wenn ma en doi Hütte nei gangat, dort kenna mor beser schwätza.* Oh, sieh an der Herr Apotheker und dem Herrn Bürgermeister könnten sie ruhig auch sagen, das er zu uns kommen kann. Also, gehen wir rein. Langsam setzte sich die Mannschaft in Bewegung und ging in das so genannte Hexabuschtahäusle. Gut Herr Professor, da haben wir wohl etwas zu bereden, wir müssten da wohl einiges klarstellen sagte Schlotterbeck. Oh sieh an, da ist plötzlich das Schwäbische weg, entgegnete Mehlmann. *Warum klarstella, den müsst mor Kalt stella* rief Fritz dazwischen. *Halts Maul Fritz,* hörte man den Herren Bürgermeister sagen, der gerade zur Tür herein kam. Tja meine Herren, fing Mehlmann an, mir ist es egal, ganz egal was sie hier machen, ich interessiere mich nicht im geringsten für ihre Schwarzbrennerei, das müssen sie mit ihrem eigenen Gewissen vereinbaren. Zukünftig werde ich mich aber nicht mehr einschüchtern lassen, von Geschichten, von Spukgeschichten und gewalttätigen stärksten Männern der Welt, das ist vorbei, das hat ein Ende. Nun ergriff Schlotterbeck wieder das Wort, was wollen sie dann hier, wie wollen sie das ganze hier händeln? Mehlmann musste mehrmals schlucken, aber sein Hals war trocken, jedwede Spucke weg, die Angst unsagbar groß, doch er musste weitermachen, nicht nachgeben, keinerlei Zeichen der Schwäche zeigen und so hörte er sich sagen : Ich möchte mit dem allem hier nichts zu tun haben, wie gesagt, das ist ihre Sache, ich möchte mich nur Frei bewegen, möchte nach diesem Kuckuck suchen, möchte meine Nachforschungen ohne weitere Gewaltandrohungen und Störungen ihrerseits und auch ihrer Kumpane voran bringen. Sichern sie mir dies zu, so habe ich nie etwas gesehen. *Ha. Des isch jo Erbressung, des hätt ich jetzt net von ihna denkt, sie sen doch an gebildator Mann,* rief der Meier Kurt ganz aufgeregt dazwischen. *Isch guat Kurt,* sagte der Bürgermeister und weiter an Mehlmann gewandt, ah sie an, der Professor hat Moralflexibilität, tja, wer redet hier von Moral, wer werfe den ersten Stein. *Des könnt i macha* schrie Fritz*, den treff i scho an seim Grend, das Ihms Bluat ane lauft.* Ruhe schrie der Bürgermeister, so kommen wir nicht weiter, wir mögen Schwarzbrenner sein, aber keine Mörder oder Todschläger, von so etwas möchte ich nichts hören, das muss jetzt für ein und allemal klar sein. Also, fing nun wieder Schlotterbeck an, also Herr Professor, wie sollte das denn gehen, sie durchforsten mit ihrem Team die Gegend und wir brennen hier Schnaps? Denken sie etwa, die Anderen sind auch so wie sie, sehen nichts, oder wird dann über kurz oder lang die Polizei hier auftauchen? Meine Herren, sollte ich ihre Zustimmung bekommen, verspreche ich, meine Arbeit hier alleine fortzusetzten und sobald ich den Vogel dingfest machen kann, informiere ich sie, da müssten sie dann eben für die Zeit die ich benötige den Nachweis zu erbringen und dazu muss ich einen nicht akademischen Mitarbeiter meiner Fakultät als Zeugen haben das brennen einstellen. Es wird nicht lange sein, das versichere ich ihnen. *Ja, aber was isch denn dann, wenn se des Vieh entdeckt hen, do kommat doch no a haufa Leut aus ellor Welt hier her zom gucka.* Ein guter Einwand Herr Hägele bemerkte Mehlmann, aber vergessen sie nicht, dann sind wir berühmt, dann kommen Touristen, da können sie ihren Fusel teuer an die Leute bringen. Da müssten sie eben einfach Gas geben und Vorbrennen. Später könnte man das Gebiet ja unter dem Vorwand, die seltene Rasse benötigt ruhe sperren, dann brennen sie wieder etc. etc.

Herr Professor, sie sind ein schlauer Fuchs, was meint Ihr dazu, sprach Schlotterbeck und blickte reih um. *Tja, stemmt, des koh ons eigentlich eher recht sei ond Geld kommt zusätzlich rei.* Nun begann ein Redeschwall aus allen Mündern, sichtlich waren einige, voran der Herr Bürgermeister und siehe da ein Wunder der raubeinige Fritz mit dieser Idee einverstanden, ja sogar außerordentlich zufrieden um nicht zu sagen begeistert. So ging es eine Zeitlang hin und her, Vorschläge, Argumente wurden vorgebracht, verworfen, zugestimmt, neu sondiert und am Ende kam man zu der Überzeugung, das es wohl das Beste sein würde erst mal einen Schnaps darauf zu trinken. Hier lehnte der Professor jedoch ab und meinte, dass er eventuell das Gebräu schlechterdings vertagen würde. Lieber möchte ich meine klaren Gedanken behalten und wer weiß, eventuell werde ich von dem Destillat noch blind und dann ist's auch nichts mehr mit dem Vogel suchen.

... Stunden später, etliche Schnäpse später ...

Die Stimmung war nun gelockert, irgendwie kam man sich unausgesprochen überein, das die Sache jetzt eben so ist wie sie ist und keiner der Anwesenden in irgendeiner Weise verloren hat.

Der Herr Bürgermeister, Karl Eugen Schlotterbeck, Eugen Kächale genannt Schmid Eugen, Wilhelm Hägale , Kurt Meier und auch unser Fritz Rau, waren für den Herrn Professor keine Schwarzbrenner mehr, sondern Ehrenmänner, welche ihm das finden seiner Vogelart ermöglichten und im Gegenzug, war Kurt Mehlann kein durchgeknallter Erpresser, sondern der geschätzte Herr Professor, welcher einer neuen Vogelart auf der Spur war.

... Gug, Gug ...

Ruhe rief der Professor, ruhe, habt ihr denn das nicht gehört.

Prost, sauguats Stöffle, der goat na ... kam es von den Anderen. ...

Gug, Gug ...

Ruhe, da ist er, da ist mein Kuckuck, das könnt ihr nicht verstehen, Ihr denkt nur an Schnaps und euer Vergnügen. *I net,* erwiderte Meier Kurt*, komm Kerle, lass ons guga noch deim Gug, sonscht isch or weg.* Ja, ja, komm nix wie raus, aber sei ruhig und verscheuche mir ihn nur nicht.

Langsam schlichen sie sich aus der Hütte und folgten der Richtung aus der die Rufe zu vernehmen waren.

Sei ja ruhig Meier Kurt. *Koi Angscht, i wois wo der hockt.* Aber woher weißt du denn das? *Ganz oifach, den seh i oft, des sen viele, dia hockat henda wo mir diea Maische*

vom Brenna noduat. Des fressad dia Vicho elle gern, sisch
halt au a guats tröpfle vor dia.

Da sah es nun auch der Professor Vögel und Kleintiere
aller Art saßen da und erquickten sich an den Resten der
Mirabellen und der Maische die als Grundlage zum
Brennen gedient hat und fraßen voller vergnügen diesen
gegorenen, alkoholhaltigen Abfall. (je nach Jahreszeit
gab es eben Maische von Kirschen, Pflaumen, Äpfeln
Birnen)

Da, da, da ist er, da ist auch der Kuckuck und im selben
Moment ertönte es auch schon ... Gug, Gug.

Irgendwie kam es dem Professor seltsam vor, es war ein
normal gezeichneter Vogel, doch der Laut? Und da wieder Gug, gug ...

In diesem Augenblick verrichtete ein auf einem Ast über
dem Kuckuck sitzender anderer Vogel sein Geschäft und
traf unseren Kuckuck direkt am Schwanzansatz.

... Ein gelblicher Fleck entstand ... : Mirabellenkacke,
kam es Mehlmann über die Lippen.

Schweigen, Stille ... nun blickten sich Mehlmenn und
Meier in die Augen und als hätten sie im selben Moment, im Selben Augenblick, den selben Gedanken,
verfielen sie in ein lautes Gelächter ...

Jetzt brauch ich einen Schnaps sagte der Professor und
als Antwort kam vom Kurt, *den hasch verdient, bisch*
doch a feinor Kerle ...

Das ist das Ende dieser Erzählung, zwar hatte der Professor nun keine neue Unterart eines Kuckucks entdeckt, doch das war ihm ab heute auch nicht mehr so wichtig, denn er hatte mehr, mehr als aller Ruhm und Ehre der Welt.
Er hatte NEUE FREUNDE .

Nachwort

Sollten Sie nun auch zu denen gehören *(da gibt's echt a paar, dia net wissat was denn s'Ende vom Lied war)* welche gerne noch eine Erklärung benötigen, warum es denn nun keine große Entdeckung gab. Ganz Einfach, hier ist die Lösung :

Der Kuckuck hat das gegorene gegessen, war dadurch alkoholisiert, sein Ruf war der eines Betrunkenen und wie der Zufall will hat ihn ein anderer beschmutz und so kam es zum gelben Fleck.

Für Schwoba
Des Viech war oifach bsoffa ond a andors hots ogschissa.

Der Autor ...

Ralf Häntzschel

Heilpraktiker für Psychotherapie
Hypnosetherapeut
Fotograf
Betriebswirt

Jahrgang 1956, geboren in Kirchheim unter Teck .
Lebt in Esslingen am Neckar, wo er neben seiner Praxis
und den Enkelkindern noch Zeit zum Schreiben findet.
Meist Sachbücher für Hypnose, Selbsthypnose und
Coaching.

*Es hat SPASS gemacht und ich denke, ich werde sicherlich
noch die eine oder andere Schmunzelgeschichte schreiben,
eventuell noch einen Roman, aber ganz bestimmt noch eins,
zwei, drei ...*
Kinderbücher.